blok
B DE BLOK

Barcelona • Madrid • Bogotá • Buenos Aires • Caracas • México D.F. • Miami • Montevideo • Santiago de Chile

QUE DUERMAS BIEN, *pequeño tren*

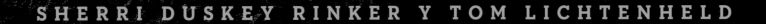

SHERRI DUSKEY RINKER Y TOM LICHTENHELD

En la noche oscura, *chucu-chuá*...

tan rápido como una centella...,

en el silencio lo oirás llegar

bajo la luz de las estrellas.

Un silbato suena
en la gran pradera:
el tren que se acerca
asombra a cualquiera.

El humo sale por la chimenea,

ondea en la noche como una bandera.

¡*Ding!* ¡*Dong!* Se oye una campana.

Chirrían los frenos. El tren ya se para.

El maquinista
hace una señal
y todos saben
que han de trabajar.
¡Deprisa!
Antes de que la noche
dé paso al día
el tren tendrá
que avanzar por la vía.

Muy pronto estará
todo cargado
en su vagón
y bien colocado.

Los monos se ocupan de abrir las compuertas
y lo meten todo con manos expertas.
Aunque mientras tanto les gusta jugar,
con sus piruetas te sorprenderán.

Arriba abajo de lado ¡y el otro!

la mercancía cargan
con gran alboroto.

Entre alegres risas
y algún que otro brinco
las liebres trabajan
con un gran ahínco.

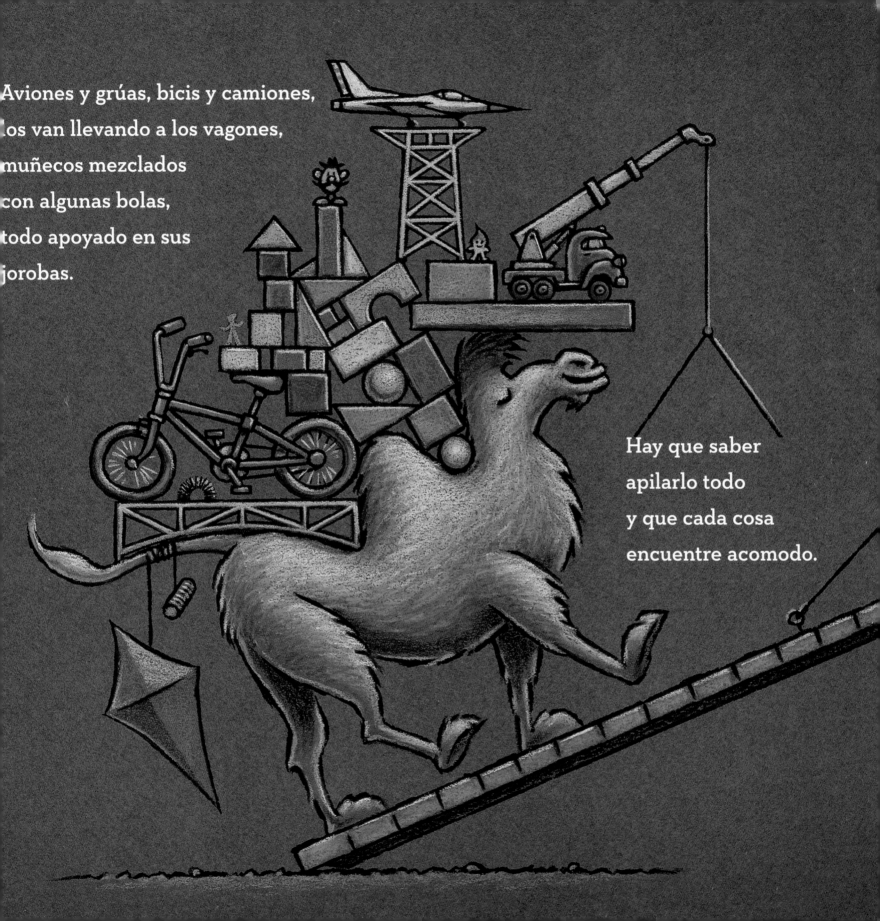

Aviones y grúas, bicis y camiones,
los van llevando a los vagones,
muñecos mezclados
con algunas bolas,
todo apoyado en sus
jorobas.

Hay que saber
apilarlo todo
y que cada cosa
encuentre acomodo.

Ahora le toca al contenedor,
tirar las pelotas, formar un montón.
Los canguros en esto son diestros
y del enceste son buenos maestros.

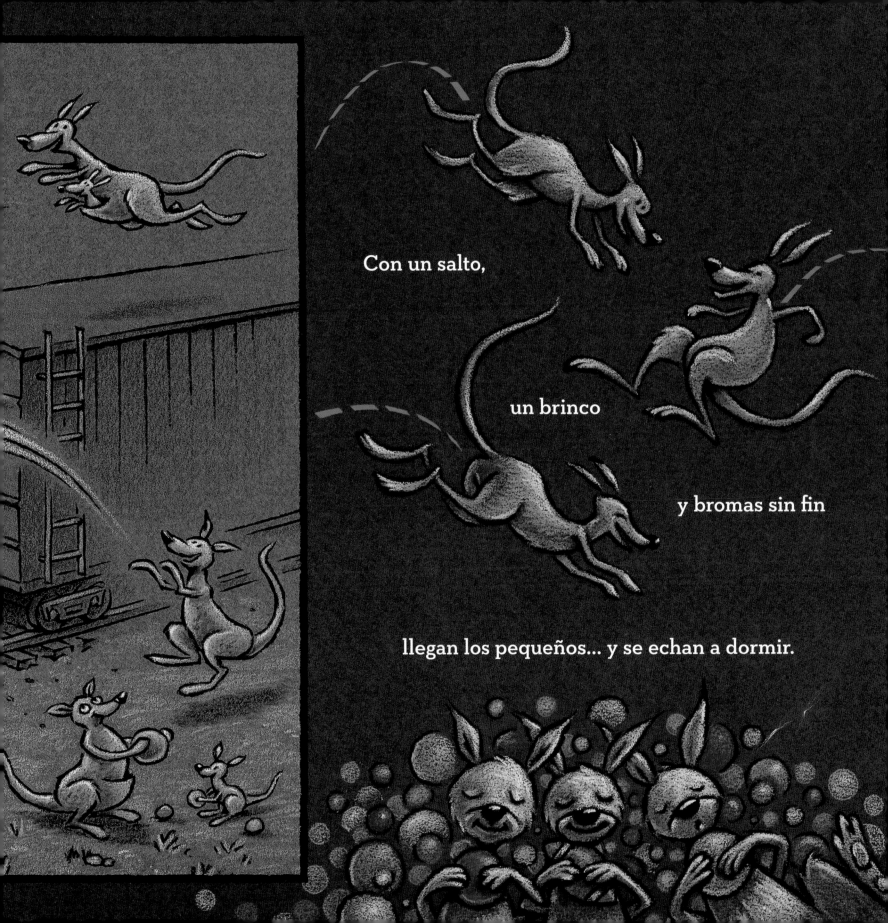

Con un salto,

un brinco

y bromas sin fin

llegan los pequeños... y se echan a dormir.

Formando una fila en la llanura,
los tanques se van llenando de pintura.
Morado, amarillo, verde y azul,
se vierten los colores con gran prontitud.

El vagón frigorífico está muy frío,
aquí hay helados para todo el camino.
Habrá que repartirlos con mucha prudencia
aunque los osos muestran impaciencia.

Ya han terminado,
la despensa está llena.
Descansan y prueban
una cosa buena.

VAGÓN N.º 7

CARGA MÁX.
MONTONES DE
HELADOS

Diez operarios formando cadena
van llenando el vagón de arena.

Para hacer castillos
y túneles también,
por eso es preciso
cargar bien el tren.

En una hilera de brillantes colores
bien ordenados van todos los coches.
Son de carreras, sus motores brillan,
mientras las tortugas despacio los guían.

En este vagón
estarán bien cuidados.
Corren un montón...

... pero ahora están cansados.

En la plataforma viajan seguros
grandes animales de tiempos oscuros.
El brontosaurio se come su cena
mientras lo mira la luna llena.

Enganchados detrás del coche-cama,
bien tapaditos bajo las sábanas,
duermen ya y encuentran descanso,
después de una noche de tanto trabajo.

La jirafa va en el furgón de cola,
por la trampilla la cabeza asoma.

Los trabajadores duermen en sus camas,
no hay más tareas... hasta mañana.

Silbidos, meneos, una sacudida,
el tren ya circula por la larga vía.
Las estrellas brillantes con sus parpadeos
les desean que tengan un feliz paseo.

Dulces sueños el viaje promete...

... y un billete para el tren de juguete...
Que duermas bien, pequeño tren.

A Dave, Ben y Zak: gracias por este maravilloso viaje.
A papá, Ron Duskey, por toda una vida de amor, apoyo,
buenos consejos (¡en su mayoría!) y su rigurosa lectura.
Y a mi padre, que ha marcado el camino.

S. D. R.

A papá, todo un artista y un caballero (que nos compraba
la revista *Mad*). A mamá, que supo alentar mi creatividad y
—hasta el día de hoy— nos ha señalado lo que es realmente
importante.

T. L.

Sherri Duskey Rinker vive en Chicago con su esposo fotógrafo y dos hijos tan inquietos
como curiosos: uno fascinado por los insectos y la magia, y el otro por los camiones y los
trenes. Eso le proporciona constante inspiración... y frecuentes estados de agotamiento.
Ha creado esta encantadora historia para ir a dormir con la intención de ayudar a los
pequeños de la casa a tener felices sueños.
Más información en www.sherriduskeyrinker.com

Tom Lichtenheld es el ilustrador de grandes éxitos como *¡Pato! ¡Conejo!*, en colaboración
con Amy Krouse Rosenthal, y *Shark vs. Train*, con Chris Barton. También ha escrito e
ilustrado varios magníficos títulos para el público infantil, entre ellos *E-mergency*, *What
Are You So Grumpy About?* y *Bridget's Beret*, seleccionados por la American Library
Association.
Para más información sobre estos y otros títulos, consulte www.tomlichtenheld.com

Título original: *Steam Train, Dream Train*
Traducción: Roser Ruiz
1.ª edición: marzo 2014
© del texto: 2013 by Sherri Duskey Rinker
© de las ilustraciones: 2013 by Tom Lichtenheld
 Diseño de interiores: Tom Lichtenheld y Kristine Brogno
© Ediciones B, S. A., 2014
 Consell de Cent, 425-427 - 08009 Barcelona (España)
 www.edicionesb.com
Publicado por primera vez en inglés por Chronicle Books LLC, San Francisco, California

ISBN: 978-84-15579-68-7

Impreso en China – Printed in China